O CENTRO
DAS NOSSAS
DESATENÇÕES

Obras do autor

UM CÃO UIVANDO PARA A LUA
Gernasa, 1972 / 3ª edição: Ática, 1979 / 4ª edição: Record, 2002.
Traduzido para o espanhol (Argentina).

OS HOMENS DOS PÉS REDONDOS
Francisco Alves, 1973 / 3ª edição: Record, 1999.

ESSA TERRA
Ática, 1976 / 26ª edição: Record, 2014.
Traduzido para o francês, inglês, italiano, alemão, holandês, hebraico
e espanhol (Cuba).

CARTA AO BISPO
Ática, 1979 / 3ª edição: Record, 2005.

ADEUS, VELHO
Ática, 1981 / 5ª edição: Record, 2005.

BALADA DA INFÂNCIA PERDIDA
Nova Fronteira, 1986 / 2ª edição: Record, 1999.
Traduzido para o inglês. Prêmio de Romance do Ano do PEN Clube do Brasil
(1987).

UM TÁXI PARA VIENA D'ÁUSTRIA
Companhia das Letras, 1991 / 9ª edição: Record, 2013.
Traduzido para o francês.

O CENTRO DAS NOSSAS DESATENÇÕES
RioArte/Relume-Dumará, 1996 / 4ª edição: Record, 2015.

O CACHORRO E O LOBO
5ª edição: Record, 2008.
Traduzido para o francês. Prêmio Hors-Concours de Romance
(obra publicada) da União Brasileira de Escritores (1998).

O CIRCO NO BRASIL
Funarte/Atração, 1998.

MENINOS, EU CONTO
12ª edição: Record, 2014.
Contos traduzidos para o espanhol (Argentina, México, Uruguai), francês
(Canadá e França), inglês (Estados Unidos), alemão e búlgaro.

MEU QUERIDO CANIBAL
10ª edição: Record, 2013.
Traduzido para o espanhol (Espanha) e publicado em Portugal.

O NOBRE SEQUESTRADOR
3ª edição: Record, 2013. Publicado em Portugal.

PELO FUNDO DA AGULHA
4ª edição: Record, 2014.

ANTÔNIO TORRES

O CENTRO DAS NOSSAS DESATENÇÕES

EDITORA RECORD

RIO DE JANEIRO • SÃO PAULO

2015

CIP-BRASIL. CATALOGAÇÃO NA FONTE
SINDICATO NACIONAL DOS EDITORES DE LIVROS, RJ

T643c

    Torres, Antônio, 1940-
      O centro das nossas desatenções / Antônio Torres. — [4. ed.] — Rio de Janeiro: Record, 2015.

    ISBN 978-85-01-10282-9

    1. Romance brasileiro. I. Título.

14-17363
CDD: 869.93
CDU: 821.134.3(81)-3

4ª edição, revista
(1ª edição Record)

Copyright © Antônio Torres, 1996, 2015

Texto revisado segundo o
novo Acordo Ortográfico da Língua Portuguesa.

Design de capa: Leonardo Iaccarino
Projeto gráfico e composição de miolo: Renata Vidal
Pesquisa Iconográfica: Priscila Serejo

Direitos exclusivos desta edição reservados pela
EDITORA RECORD LTDA.
Rua Argentina, 171 - 20921-380 — Rio de Janeiro, RJ — Tel.: 2585-2000

Impresso no Brasil

ISBN 978-85-01-10282-9

Seja um leitor preferencial Record.
Cadastre-se e receba informações
sobre nossos lançamentos e nossas promoções.

Atendimento e venda direta ao leitor:
mdireto@record.com.br ou (21) 2585-2002.

EDITORA AFILIADA

*Para
Sonia, Gabriel e Tiago,
sempre ao centro das
minhas atenções*

AQUELE QUE TEM O CONTROLE DO
PASSADO TEM O CONTROLE DO FUTURO.
AQUELE QUE TEM O CONTROLE DO
PRESENTE TEM O CONTROLE DO PASSADO.

George Orwell

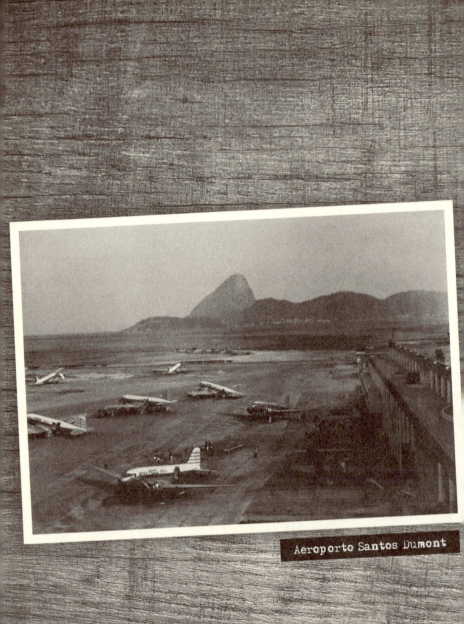

Aeroporto Santos Dumont

Comecemos pelo Aeroporto Santos Dumont, onde um dia um rapaz de 20 anos chegou, olhou a cidade de longe e foi embora. Eu me lembro: era uma bela tarde de janeiro, o mês do Rio. Céu de brigadeiro. O esplêndido azul de Machado de Assis. O azul demais de Vinicius de Moraes. Ano: 1961.

O passageiro estava em trânsito. Vinha da Bahia com destino a São Paulo. Desceu aqui para fazer uma conexão, depois de cinco horas preso numa cadeira de uma geringonça ensurdecedora e vagarosa, relíquia aeronáutica da Segunda Grande Guerra. Um pau de arara do ar chamado "Curtiss Commando" que, mal avistava uma pista de aterrissagem, ia baixando. Descer no Rio havia sido uma bênção. Para os seus ouvidos, suas pernas, seus olhos. Assim o vejo: olhando a cidade por trás dos vidros que o enjaulavam no saguão do aeroporto, enquanto aguardava a chamada para o embarque. Azul era também a cor do seu paletó. Ele estava convenientemente vestido para a sua primeira viagem de avião. Trajava até uma gravata vermelha sobre uma camisa branca. E os seus sapatos espelhavam, de tão bem lustrados. Numa das mãos, portava uma maleta com tudo o que possuía de seu aos 20 anos – o que incluía meia dúzia de livros –, além da roupa do corpo. Já que não podia sair, contentou-se em olhar a distância a cidade que só conhecia de prosa e verso, cinema e canções. E tudo nela, que vinha dela, o fascinava. E dava medo. Imaginava-a fora da rota dos imigrantes, inatingível para principiantes. O Rio era a Corte – dos sabidos e malandros. Suas artes e letras, sua natureza deslumbrante ("Deus fez o mundo em sete dias, dos quais tirou um para fazer o Rio de Janeiro", dizia a voz de ouro de Luiz Jatobá, num documentário de Jean Manzon) o atraíam. Mas a manchete do jornal comprado na banca do aeroporto o amedrontava. Era sobre uma operação de extermínio chamada de mata-mendigo. E ali estava ele, entre duas visões da cidade: uma sedutora, outra assustadora. Teve vontade de ficar. A chamada para o voo o levou em frente. Tinha que ir para São Paulo. Assim estava escrito – na sua passagem. Era um baiano do interior, um tímido roceiro, e estava indo para a locomotiva da nação, onde sempre haveria de caber mais um. Voltaria ao Rio um dia, para vê-lo de perto, entrar nele, conhecê-lo nas solas dos seus sapatos, se para tanto não lhe faltasse coragem. E algum preparo. O Rio não era uma cidade para capiaus, tabaréus da roça.

Trinta e cinco anos depois um passageiro diário das linhas urbanas Copacabana-Centro, Centro-Copacabana vai retornar ao Santos Dumont. A pé. Para tentar descobrir o que foi mesmo que aquele garoto interiorano viu, e se por um momento poderia voltar a ser a mesma pessoa, ainda capaz de ver a cidade com um olhar de novidade. E vai chegar moído. Esbodegado. Como se tivesse batido nos cascos a longa estrada Bahia-São Paulo-Rio, embora seu ponto de partida fique logo ali. Aqui mesmo, no miolo do Centro, o número 110 da Avenida Rio Branco, entre a Ouvidor e a Sete de Setembro, onde era o *Jornal do Brasil*. Mais precisamente: onde já foi "um palácio encantado, para o tempo", nas palavras do cronista Luiz Edmundo. Tinha 34 metros de altura e uma fachada com os adornos rococós da arquitetura do começo do século XX, que deu uma cara europeia à então Avenida Central, aberta por Paulo de Frontin, na Era Pereira Passos. Primeiro edifício próprio que um jornal do país possuiu, aca-

Prédio do Jornal do Brasil

bou cedendo o lugar a um espigão de 43 andares, com escadas rolantes para o acesso aos elevadores, e um heliponto no seu cocuruto desmaiante. Chama-se Edifício Conde Pereira Carneiro. E esta é a única lembrança da passagem do *JB* por ali. O letreiro bem visível no frontispício e a placa na parede do primeiro pavimento não tornaram memorável o nome do seu antigo proprietário, que reinou por muito tempo – entre os dois pós-guerras – neste endereço. Todo mundo o conhece mesmo é como "o edifício do Banco de Boston". É aqui, da sacada do último andar, que o personagem desta história vai dar uma olhada na cidade, antes de partir para a sua caminhada até o Santos Dumont. O panorama visto de cima é apavorantemente fascinante. Entrecortado por arranha-céus tentaculares, entre os quais se destaca o Centro Candido Mendes, ao primeiro olhar já dá uma boa medida dos embates travados entre a construção civil e a natureza, desde que a cidade, fundada por Estácio de Sá ao sopé do Pão de Açúcar no dia 1º de março de 1565, foi transferida por seu tio Mem de Sá para o Morro do Castelo, em 1567. Tudo começa aí. E com 200 habitantes urbanos. Nas batalhas pela sua posse e ocupação, nem só os donos da terra – tamoios, tupinambás e temiminós

– foram varridos do mapa. Mas também morros, lagoas, charcos, mangais, pântanos e pedaços do mar.

Cá estamos: com a respiração em suspenso e uma incontrolável tremedeira nas pernas. A contemplar, sobre telhados de amianto e antenas parabólicas, uma paisagem paradisíaca. A baía de todos os tráficos, porta de entrada de piratas, corsários, mercadores de escravos e tudo o mais que possamos imaginar. Barcos partindo e chegando, aviões descendo, carros passando sobre a maior ponte urbana do mundo. Aqui de cima há muito o que se mirar. Bem em frente está Niterói, a água escondida, o mar morto, em língua de índio. A terra de Arariboia. Com seu traçado vertical a espremer-se entre mar e montanhas, parece uma réplica em escala menor do Rio, a querer vingar-se dos que dizem que o que ela tem de melhor é a vista dele. Sempre abafada pela fama, charme e badalação da cidade no lado de cá, a discreta Niterói também faz bonito na paisagem. Em todos os lados, veem-se ilhas. Ou o que restou delas.

Primeiro, vejamos a de Villegagnon. Toda a sua área está hoje ocupada pela Escola Naval, que orgulhosamente se autoproclama "a primeira instituição de ensino superior do Brasil". Apenas um estreito canal lembra que ela já foi uma ilha. Os aterros para ampliação do Aeroporto Santos Dumont deixaram-na colada ao continente, na cabeceira da pista. Sua história merece ser contada. A Ilha de Villegagnon é um marco da cidade.

Chamava-se Serigipe, até a chegada do vice-almirante bretão, o cavalheiro de Malta Nicolau Durand de Villegagnon, em 1555, que fez na ilha o primeiro estabelecimento permanente de europeus do Rio de Janeiro. Com o apoio do almirante Gaspar de Coligny, ele veio com uma missão: encontrar longe da Europa um refúgio para os calvinistas, caso a intolerância religiosa os obrigasse à expatriação. Era uma fuga dos problemas político-religiosos que deram na Reforma, a partir do momento em que Lutero (1483-1546) nega a infalibilidade

Ilha de Villegagnon

do Papa e funda o protestantismo. Calvino (Jean Chauvin ou Caulvin – 1509-1564), teólogo francês reformador residente na Suíça, cria uma doutrina que dá ênfase à supremacia das Escrituras na revelação da verdade, a onipotência de Deus, a pecaminosidade do homem, a salvação só para os eleitos e um rígido código moral. Villegagnon abona este credo quando, já instalado no Rio, pede a Calvino que lhe envie alguns teólogos para ministrarem a sua doutrina aos homens da ilha. Ainda assim, não chegava a ser um calvinista sectário, pois na sua comitiva vinha um sacerdote católico, o frei André Thevet, que, logo ao saltar, tratou de dizer sua missa. (Uma curiosidade sobre este frade: foi ele quem, em contato com os índios, descobriu o nosso fumo, que levou para a Europa. Mas a descoberta iria ser creditada ao embaixador da França em Portugal, Jean Nicot. Daí a origem da palavra nicotina – *Nicotiana tabacum*. Vem de Nicot.)

Assim que se fixou na ilha, Villegagnon a rebatizou de Forte Coligny, em honra a seu protetor. E começou a pensar grande. Queria fundar uma França Antártica, com o Rio de Janeiro passando a se chamar Henriville, em homenagem ao Rei Henri II. Ficou só no projeto.

Fumo

França Antártica

Em seu livro *Aparência do Rio de Janeiro* (Editora José Olympio, 1949), Gastão Cruls conta que Villegagnon não teve dificuldades com os tamoios, já àquela altura aliados dos franceses que, mais diplomáticos do que os portugueses, permutavam mercadorias e ferramentas – espelhos, pentes, camisas, calções, tesouras, anzóis, facas, enxadas, foices, pás e martelos – por produtos originários da terra, como madeira de lei, pedras coloridas, pimenta, algodão, aves exóticas ou suas vistosas plumagens. Além disso, os franceses aderiam aos usos e costumes indígenas. O que mais tarde levou o jesuíta José de Anchieta a registrar, com indignação, que a vida deles não somente havia se afastado da Igreja Católica: tornara-se selvagem. "Vivem conforme aos índios, comendo, bebendo, bailando e cantando com eles; pintam-se com suas tintas pretas e vermelhas, adornando-se com as penas dos pássaros, andando nus às vezes, só com uns calções, e finalmente matando os contrários, segundo o rito dos mesmos índios, e tomando novos nomes como eles, de maneira que não lhes falta mais que comer carne humana, que no mais sua vida é corruptíssima." Enquanto isso, os portugueses queriam fazer os índios de escravos e foram apelidados de *Perós*, ferozes. E tiveram um adversário implacável, de nome

Cunhambebe, o temível tuxaua tamoio, que se gabava de ter nas veias o sangue de 5 mil inimigos, entre os quais muitos portugueses. Foi desta luta de morte dos índios aos colonizadores lusitanos e boa amizade com os franceses que Villegagnon tirou partido.

Problema mesmo ele teve foi com a sua própria *entourage*. A começar pelos conflitos religiosos na ilha, que acirraram ódios, por antagonismo nas interpretações teologais, forçando-o a expulsar os seus ministros evangelizadores e a voltar para o catolicismo. E pior: Nicolau Durand de Villegagnon era um homem de hábitos rijos. Tentou implantar na ilha uma disciplina férrea, para evitar que sua tropa – centenas de homens, a maioria arrebanhada nas masmorras de Rouen e Paris –, depois de meses ou anos de reclusão, fugisse para o continente, à caça de índias fogosas e desnudas. Com tanta carne nua pra todo lado, danças regadas a cuias de cauim, não ia dar mesmo para segurar o cio dos seus comandados. Para complicar ainda mais as coisas, um seu sobrinho, Bois-le-Comte, com uma nova leva de imigrantes trouxe cinco moças francesas, as primeiras mulheres brancas a desembarcarem nestas bandas. O austero Villegagnon cuidou de juntá-las em matrimônio, dentro das leis da Igreja, a cinco bem-aventurados escolhidos a dedo. Foi aí que ele perdeu de vez o comando da situação. As mulheres brancas, não podendo contentar a todos, só serviram para aumentar a agitação. Muitos deles trocaram a severidade da ilha pela vida ardente nas matas. Caíram na esbórnia, abandonando o barco francês para sempre. Logo, não é de hoje que europeus perdem a cabeça com as pardas, morenas e mulatas destes trópicos.

Quanto a Villegagnon, retornou à França em 1559 – quatro anos depois de haver instalado sua colônia –, em busca de reforços. Não conseguiu. E nunca mais voltou. No ano seguinte os portugueses chegaram, sob o comando de Mem de Sá, para atacar o Forte Coligny. Sabedor da presença ostensiva de franceses na Guanabara, Mem de Sá – que governava a Bahia desde 1558 – resolveu expulsá-los pessoalmente. Não dispondo de recursos bélicos, apelou para Portugal, que enviou duas naus e oito embarcações, comandadas por Bartolomeu de Vasconcelos. Recebeu contingentes em Ilhéus, Porto Seguro e Espírito Santo. Chegando aqui em 21 de fevereiro de 1560, esperou reforços de Santos e São Vicente. Em dois dias e duas noites pôs os franceses para correr. Bois-le-Comte – o sobrinho e sucessor de Villegagnon – fugiu pro mato, buscando o apoio dos índios, para reorganizar-se. A peleja ainda não estava decidida. Sem gente para a ocupação definitiva da Guanabara, Mem de Sá volta a fazer novos apelos à Corte, que só em 1563 decide enviar outra frota para que fosse realizada a colonização do Rio de Janeiro, tendo à frente Estácio de Sá, sobrinho de Mem que, depois de muitos contratempos, desembarca entre o Morro Cara de Cão e o Pão de Açúcar. E funda a cidade, em 1º de março de 1565. Pronto, eis o seu nome: São Sebastião do Rio de Janeiro, em homenagem a Dom Sebastião, rei de Portugal, que acabou desaparecendo numa guerra na África e virou lenda. Até hoje – dizem – há portugueses à espera do seu retorno. Voltando à nossa praia: franceses e tamoios continuam um espeto para os portugueses. Em 1567, Mem de Sá volta a atacá-los, em defesa do território conquistado por seu sobrinho. Vence a parada, mas Estácio de Sá é flechado no rosto. Morre cerca de um mês depois – e dois anos após de ter fundado a cidade. Os franceses atacam novamente. Numa ofensiva de três dias e três noites, Mem de Sá consegue expulsá-los. Os índios rendem-se.

Este olhar para a Ilha de Villegagnon suscita algumas considerações. Ele instalou-se ali 53 anos após a descoberta do Rio de Janeiro pelos portugueses, a 1º de janeiro de 1502, razão do seu nome, como se sabe

– pensaram que a Guanabara era a foz de um grande rio. Primitivamente, a baía teve outros nomes: Rio de Reféns, Rio de Arrefens, Rio de Oreferis, Rio de Rama, Rio de Iaceo. E Guanabara quer dizer seio de mar, braço de mar. Pois bem. Ao descobri-la, Portugal não teve condições de colonizá-la imediatamente. Embora fosse um colonizador ambicioso, era pequeno e pobre. Estava mais preocupado com as riquezas da Índia. E não podia dedicar-se a uma colônia que a princípio pouco podia oferecer, além de pau-brasil, aves etc. Por isso os portugueses a esqueceram. Só voltaram em 1515 e 1519, em expedições de João Dias Solis e Fernão de Magalhães. Este último ignora o nome de Rio de Janeiro e batiza-o de Baía de Santa Luzia, por ter aportado no dia dela, 13 de dezembro. Em 1531, Martim Afonso de Souza também deu uma olhada e foi embora, para fundar a povoação de São Vicente, um ano depois. Além de haver deixado alguns homens – que foram mortos pelos indígenas –, ele marcou a sua passagem fazendo construir uma casa-forte, com uma ferraria para conserto de navios, que os índios apelidaram de carioca, "casa de branco". E *carioca* passou a designar um rio que desaguava no Flamengo. E os habitantes da cidade. Em síntese: os portugueses só vieram a se interessar verdadeiramente pelo Rio de Janeiro quando perceberam o interesse dos franceses, que desde 1503, ou 1504, enchiam os navios de preciosidades da terra, produtos exóticos, saguis e índios. Sim, os franceses levavam também nossos silvícolas e os educavam para se casarem com suas filhas. A presença francesa, no entanto, levou 50 anos para ser notada. Em 1553, Tomé de Souza, primeiro governador da Bahia, escreve a El-Rei de Portugal, aconselhando-o a mandar fazer na Guanabara um assentamento humano, "uma população honrada e boa, porque nesta costa não há rio em que entrem franceses senão neste e tiram dele muita pimenta". A reação de Lisboa demorou. Tanto que, dois anos depois da advertência de Tomé de Souza, Villegagnon pôde fixar sua colônia na ilha, à vontade, sem a menor reação.

Os portugueses demoraram a reagir, mas quando chegaram se revelaram destemidos, audaciosos, insuperáveis. Todos os nossos historiadores tomam o partido deles, os defendem do princípio ao fim. No entanto há ainda hoje, pelos bares do Centro, quem discuta se a colonização portuguesa foi a melhor para nós. Quando se pede um exemplo superior de colonização francesa, a discussão muda de rumo. Volta-se a Villegagnon e aos calvinistas, lembrando-

-se que o capitalismo norte-americano não seria o que é se não fosse de inspiração protestante. E aí jura-se, com a mão sobre a Bíblia, que o protestantismo teria sido melhor para o país, a julgar pelo exemplo norte-americano. Que sempre baliza as conversas na cidade, na hora do almoço ou depois do expediente, quando o mundo das finanças dá uma paradinha para o recreio.

Por fim: a ilha não está onde sempre esteve, no centro da baía, próxima à extinta ponta do Calabouço, um ponto estratégico e mirante privilegiado para a entrada do porto. Colou-se ao continente. Chega-se a ela por uma estrada que passa por trás do Santos Dumont. O acesso para a Escola Naval é feito por uma pontezinha, guarnecida à entrada por soldados da Marinha. Estranhos não entram. A Escola Naval está lá desde 1937, informa um soldado, de soslaio. Mas a ilha é uma fortaleza histórica, desde o século XVI, ele acrescenta, com a lição bem decorada. E a ver aviões.

Agora naveguemos no sentido do centro do Centro. E fiquemos cara a cara com uma testemunha ocular de uma das histórias mais venenosas e sangrentas da cidade: a Ilha das Cobras. Totalmente ocupada pelo Arsenal de Marinha, o Presídio Naval e o

Ilha das Cobras

Hospital Central da Marinha, liga-se à Praça Mauá e ao 1º Distrito Naval, na Primeiro de Março com Visconde de Inhaúma, por uma ponte. Lá dentro o movimento é intenso. Pessoas se espremem em estreitas calçadas para se defenderem dos carros. Em 1711 a cidade não conseguiu se defender do poder de fogo que veio dela. Foi assim: os franceses voltaram. Em busca do ouro das Minas Gerais, que era embarcado no porto do Rio. Mas esta nova invasão tem também o sabor de vingança do fracasso de outras. É com um verdadeiro espírito peçonhento que René Duguay-Trouin arma o seu barraco na Ilha das Cobras e manda bala, pondo a população em polvorosa, desforrando-se da derrota de Du Clerc, que chegara um ano antes, nos primeiros dias de setembro de 1710, com mil homens, querendo vingar-se do bombardeio sofrido pela esquadra do comandante De Gennes, em 1695. Vencido pelo governador da capitania Francisco de Castro Morais e seus auxiliares, foi preso e recolhido a uma das celas do Colégio dos Jesuítas, no Morro do Castelo. Reclamou do local da prisão, alegando não ser "um monge". O governo o transferiu para a Rua da Quitanda, onde viria a ser assassinado por quatro homens encapuzados, a 18 de março de 1711. Foi um crime misterioso. Falou-se em intriga amorosa. Du Clerc seria um capitão jovem, forte e paquerador. Dando crédito a esta versão, o próprio governador escreveu para a metrópole: "Era um debochado e pretendera, com escritos, algumas mulheres honradas." Os maridos lavavam a honra com sangue. Os criminosos – e/ou os seus mandantes – nunca foram revelados. Du Clerc foi enterrado na Igreja da Candelária.

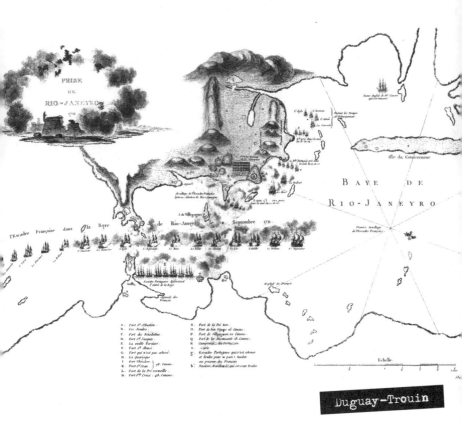

Com 18 navios muito bem armados e 5 mil homens – um contingente do tamanho de metade da população do Rio, à época –, Duguay-Trouin chegou vomitando pólvora. Era a tarde brumosa de 12 de setembro de 1711, o que facilitou sua entrada na baía, quase sem danos. Detonou a fortaleza de Villegagnon e os navios portugueses. Dominou a Ilha das Cobras, onde montou peças e começou a bombardear o Forte de São Sebastião e o Mosteiro de São Bento. Pegou pesado em todos os pontos de defesa da cidade, que capitulou rapidamente, caindo em seu poder, sendo saqueada. Foi a primeira (e única) vez que o Rio de Janeiro esteve sob o domínio dos franceses. E por 50 dias. O governador Francisco de Castro Morais, o mesmo que um ano antes havia sido aclamado como herói, por haver liquidado Du Clerc e seus comandados, agora passava à condição de covarde e à condenação ao degredo. Duguay-Trouin não se contentou apenas com a vitória e os saques. Exigiu um resgate, elevado e penoso demais para a cidade dilapidada, tanto que o pagamento – 600 mil cruzados, 100 caixas de açúcar e 200 bois – só pôde ser saldado em parcelas. Duguay-Trouin encheu os navios e foi embora, pondo-se ao mar no dia 11 de novembro. E assim aconteceu o primeiro sequestro do Rio de Janeiro: o da própria cidade. Sua realidade de violência vem de longe, tem história.

De ilha em ilha chegamos à que ficou famosa por causa de um baile: o último do Império. Dá para ir lá de carro ou a pé, pelo pontilhão que a liga à Ilha das Cobras e serve de cais para navios de guerra e submarinos em reparos. Mesmo de longe vê-se bem o palácio verde cercado de coqueiros, em pleno mar. Foi inaugurado no dia 27 de abril de 1889, como posto de fiscalização de entrada e saída de mercadorias através do porto, pois havia muito o Rio já se tornara um grande centro comercial de exportação e importação. Por isso a Ilha dos Ratos passou a ser chamada de Fiscal. O lendário palácio na verdade era para ser só um edifício destinado ao serviço de controle de navios estrangeiros. Por isso tinha que ter fachada elevada, que pudesse ser vista através dos mastros, com aparelhos elétricos iluminando a baía. E uma torre – inspirada no estilo gótico da Torre de Belém, em Lisboa – com um relógio, também a ser visto pelos navios. Acabou mesmo foi servindo de palco para o fim da Monarquia, em 9 de novembro de 1889, a seis dias da Proclamação da República.

Há quem registre a distribuição de 3 mil convites. Outros, mais que dobram: foram 7 mil os convidados. Não falta quem garanta que compareceram 6 mil pessoas. Números acima ou abaixo, já se sabe que foi uma festa de arromba, retumbante. A última do Império e a primeira oficialmente promovida pelo Estado brasileiro em toda a sua história. Pretexto: homenagear o navio chileno do almirante Cochrane. Motivo: o Chile ganhara a Guerra do Pacífico, contra o Peru e a Bolívia. Em 1889 parecia que a guerra ia recomeçar. A Argentina declarou que ficaria contra o Chile. Com a homenagem ao navio, o Brasil mostrava-se ao seu lado. E mostrava a todos a força e o prestígio do Império, através de uma festa inesquecível. No palácio, iluminado por milhares de velas, foram servidas dezenas de cascatas de camarões e milhares de litros de vinho. Em seu primoroso livro *Mauá, Empresário do Império* (Editora Companhia das Letras, 1995), Jorge Caldeira relata que no dia seguinte "os encarregados da limpeza encontraram as últimas lembranças do esplendor imperial: condecorações caídas, fragmentos de copos de cristal com o brasão de armas gravado e até ligas perdidas por donzelas mais afoitas".

Além das peças íntimas esquecidas pelas últimas beldades a pegarem a galeota de volta ao continente, o anedotário da cidade sobre o famoso baile se compraz de memórias escatológicas. Conta-se que, à medida que a noite avançava, algumas moças passavam a exibir umas certas manchas escuras em suas saias enormes e arredondadas, antes imaculadas. E que isso se devia a uma estranha circunstância: por inexistência de banheiros no palácio, elas teriam comparecido ao baile prevenidas, com um peniquinho preso ao corpo, por baixo das nobres saias, para o caso de uma necessidade urgentíssima, a ser atendida de pé mesmo, em pleno salão. Nem só os episódios picantes ou grotescos fazem parte da história da festa. Nunca é demais lembrar que durante os preparativos para o Grande Baile da Ilha Fiscal o Rio de Janeiro vivia uma grande crise social e econômica, com o fim da escravidão. Negros famintos enchiam as ruas, sem saber o que fazer de si mesmos, na transição do trabalho escravo para o trabalho livre. A propaganda republicana acusava o governo do Imperador. Nacionalistas, militares e até monarquistas também. É neste quadro que se realiza a maior festa da Monarquia, com um luxo jamais imaginado. Este baile faria mais pela República do que toda a propaganda republicana publicada nos jornais.

Visto de cima ou de qualquer outro ponto do Centro, o palácio é uma referência obrigatória na paisagem da cidade, inserindo-se em suas atrações. Lá dentro funciona a Superintendência de Navios da DHN – Diretoria de Hidrografia e Navegação, abrigando uma corporação de 200 pessoas. Está em via de passar a fazer parte do Espaço Cultural da Marinha. Não havia mesmo banheiros ali na noite do baile, garante o cabo Cruz, motorista e contramestre do palácio. A história dos peniquinhos pode ser verdadeira.

Se fosse inglês, dir-se-ia um castelo mal-assombrado, cheio de fantasmas, vozes, suspiros, gemidos, bocejos e tudo o mais de uma Corte entediada. À luz dos trópicos, a última história de que foi testemunha provoca risos.

E há mais ilhas, baía adentro e afora. Mas não vamos passar a vida toda a vê-las. Só um olhar rápido para a das Enxadas, que parece uma singela cidadezinha cercada de árvores por todos os lados, com telhados coloniais e paredes brancas. Outra dependência da Marinha – um centro de treinamento

para oficiais, que leva o nome de Almirante Wandenkolk. Cada ilha é um capítulo da história do Rio de Janeiro. E todas elas se espraiam a perder de vista. O observador no mirante do 43º andar do número 110 da Avenida Rio Branco se sente como se estivesse de volta aos livros da escola primária. O seu encanto pelas ilhas o leva mais longe. Séculos e séculos antes da sua descoberta, ou achamento, o Rio de Janeiro era um arquipélago. Os atuais morros foram ilhas que, no decorrer das eras, pela erosão natural, forneceram entulhos para as águas circundantes, começando então, lentamente, e por volta, a formação de uma planície de várzeas, charcos, pântanos e mangais. Entre elas se incluíam os morros do Castelo, de Santo Antônio, de São Bento e da Conceição, que vieram a formar o quadrilátero da célebre Várzea que corresponde ao atual Centro da cidade.

Aqui andamos sobre águas, graças aos muitos aterros que recuaram o mar. E ao trabalho braçal

para a ocupação dos alagados. Rola muita água sob os nossos pés. No Largo da Carioca pisamos sobre a Lagoa de Santo Antônio, e no Passeio Público, sobre a do Boqueirão da Ajuda. O Centro do Rio está em cima de um lençol freático. Quando a maré sobe, pressiona as águas que estão embaixo, da Praça Mauá à Avenida Beira-Mar. Os prédios da Rio Branco são como navios ancorados. O Teatro Municipal ilustra bem isso: ele está preso por baixo em estacas de madeira, para não subir. O seu peso é maior do que o da pressão das águas. Outro exemplo de edifício ancorado é o da Caixa Econômica Federal (33 andares), na esquina da Almirante Barroso com a Rio Branco. Também está preso por baixo, só que no concreto. A força da água quase arrebentou a plataforma do metrô na Rua Uruguaiana, que subiu cerca de 15 centímetros, numa extensão de mais de um quilômetro, do Largo da Carioca à Avenida Presidente Vargas. Não rachou porque o deslocamento foi por igual. Calçaram embaixo e a plataforma não subiu mais.

A cidade foi transferida da Vila Velha (entre o Pão de Açúcar e o Cara de Cão, hoje Fortaleza de São João) para o Castelo (que antes se chamava Morro do Descanso ou de São Januário), por ser o mais indicado, do ponto de vista estratégico. Lá de cima dava para controlar melhor a entrada da baía e as invasões dos franceses de sempre, que por cerca de seis décadas atormentaram a vida dos portugueses nestas paragens. Logo, a cidade começou como uma fortaleza medieval. Além das fortificações, foram instaladas várias repartições, como a Câmara, a Igreja de São Sebastião e um imenso convento dos jesuítas. Mas o Morro do Castelo viria a ser questionado do ponto de vista urbano. No fim do século XVI, a população – de 3.850 habitantes – passou a procurar as partes planas e alagadiças do quadrilátero entre os morros, para a expansão da cidade pela várzea. Imagine o quanto de ciclópico teve esta obra, pelas dificuldades materiais da época. Os que desciam o Morro do Castelo tinham de enfrentar aqui embaixo desaterros de barreiras e aterros de pântanos. Pelo cansaço de subir e descer o morro, estes primeiros habitantes foram se instalando teimosamente aqui embaixo. Legaram uma cidade de ruas sinuosas e estreitas, mal calçadas, sujas – todos os cronistas do passado se queixam da sujeira e alegam que as ruas estreitas eram para proteger do calor. A verdade é que a cidade nasceu e cresceu sem um projeto urbanístico, um plano diretor.

Suas transformações começam a se esboçar ao tempo dos vice-reis, mais marcadamente com o Marquês do Lavradio e Luís de Vasconcelos, os que primeiro pensaram em alargar as ruas. O que iria ser defendido mais tarde pela Missão Artística Francesa de 1816, com Grandjean de Montigny à frente. Ele ocupa um lugar de destaque na História da Arquitetura do Brasil: pugnou pela abolição das ruas estreitas e a abertura de avenidas. Mas os grandes alargamentos, rasgos e transformações que deram ao Centro a cara que tem hoje aconteceram no século XX. Nesta ordem:

1. 1903-1906 – Abertura da Avenida Central que, em 1912, com a morte do Barão, passou a se chamar Avenida Rio Branco. Extensão: 1.800m. Largura: 33m. Desapropriações: mais de 600 prédios. Em seu livro *Rio de Janeiro – Planos, Plantas e Aparências* (Galeria de

Avenida Central

Morro do Castelo

Arte do Centro Empresarial Rio/João Fortes Engenharia, 1988), o pesquisador Donato Mello Júnior registra: "No processo de construção da Avenida Central, por não ter havido um plano geral de conjunto, houve como consequência a crise habitacional, parte resolvida precariamente com o adensamento das favelas. As construções proletárias da ocasião nem de longe correspondiam às necessidades da população crescente da cidade e dos desalojados." Quer dizer, é aí que começa o inchamento das favelas.

2. 1920-1922 – Derrubada do Castelo. Para mais aterros, espraiando-se do cais do Calabouço ao Passeio Público, Praça Paris etc. E a fazer parte de um dos planos mais equivocados da cidade, a contrariar o seu próprio propósito: *Remodelação, Extensão e Embelezamento*. Convenhamos: dá para ver beleza numa rua chamada Erasmo Braga? E naqueles caixotes feíssimos que compõem a tal da Esplanada do Castelo?

3. 1940 – Avenida Presidente Vargas. Obra rival da Avenida Rio Branco, principalmente em demolições. Numa extensão de quatro quilômetros, mais de 600 edificações foram abaixo. E com elas a famosa Praça Onze. Além de um corte no Campo de Santana e a perda da Igreja de São Pedro dos Clérigos. Outro problema: a Igreja da Candelária ficava de costas para a grande obra. Tentaram por todos os meios invertê-la. Não conseguiram. Os poderes do Papa foram mais fortes do que os do presidente Vargas.

4. Derrubada do Morro de Santo Antônio, em função do plano urbanístico para a realização do XXXVI Congresso Eucarístico Internacional, em 1954. Sobre isso diz hoje um senhor de cabelos brancos, em frente ao Palácio Tiradentes: "O Morro de Santo Antônio derrubou muitos prefeitos que queriam derrubá-lo. Até chegar um e prometer a construção de uma catedral, em troca da sua derrubada. Só assim a Igreja deixou que o morro fosse derrubado. Foi aí que fizeram aquela catedral esquisita da Avenida Chile."

No Museu da Light (na Marechal Floriano, a antiga Rua Larga), pode-se ter uma ideia das transformações que estes rasgos trouxeram ao Centro. Uma exposição permanente de fotos da cidade no começo do século suscita comparações entre o que era e o que ficou.

E o que ficou: uma arquitetura que não apresenta uma harmonia do ponto de vista estético, mas que oferece uma visão abrangente da história do Rio de Janeiro, situando as três principais fases dos poderes que a marcaram – e ao próprio país. Assim: Poder Colonial – Paço Imperial. Do Império: Campo de Santana. Republicano: Cinelândia. Entre um sítio e outro, passamos por vários estilos. Neoclássico, Eclético, Art Nouveau, Neocolonial, Art Déco, Moderno e Pós-Moderno, este último a expor como exemplo o edifício nº 1 da Avenida Rio Branco.

Por falar em Rio Branco, desçamos. São seis horas da tarde. Já começou a corrida da volta para casa. Mais de 2 milhões de pessoas chegam durante o dia, não necessariamente na mesma hora. De ônibus, trem, metrô, barcas, moto, táxi e carros particulares. Às seis da tarde parece que todos querem sair de uma só vez. Cada ponto de ônibus é como se fosse um terminal rodoviário. Andar no Centro do Rio requer prática, habilidade e muito preparo físico. É preciso cuidado para não se chocar com o pedestre que vem na sua direção. Da porta do Edifício Conde Pereira Carneiro, aliás, Banco de Boston, até à esquina da Sete de Setembro, são poucos passos. Porém sujeitos a pisões, chutes, cotoveladas e tropeções. O braço de uma senhora avantajada manda pelos ares o relógio de um homem que ia passando por ela. Idosos e obesos, de anacrônica lentidão, dificultam o fluxo da caminhada. Pior é quando um cego tateia o seu caminho com uma bengala, aos trompaços, amarrando o trânsito. As calçadas estão sempre atulhadas – de camelôs, bancas de jornais enormes, motocicletas e transeuntes. Assim não é fácil nem dá prazer andar. Pior é atravessar um sinal. Abriu – lá vem o estouro da boiada. Os que vêm de lá avançam desordenadamente contra os que vão de cá. E vice-versa. Anda-se por aqui como baratas tontas ou cegos no meio de um tiroteio. Para complicar ainda mais as coisas, ônibus e carros param depois do sinal, atravancando a faixa de pedestres. Como se isso fosse pouco, há as pessoas que param nas esquinas, para bater papo, atrapalhando o movimento de ir e vir. Em síntese: a impressão é que ninguém sabe andar nas ruas do Centro.

Andemos e aprendamos a andar. Não como os personagens de Machado de Assis, Joaquim Manuel de Macedo, Lima Barreto, Luiz Edmundo, João do Rio etc. etc. etc. Nem mesmo como os de Rubem Fonseca, o que descobriu a arte de andar pelas ruas do Rio de Janeiro na contemporaneidade. O pedestre que vos fala já perdeu a conta das vezes em que trabalhou no Centro do Rio. A primeira foi na Presidente Wilson, perto do Vilarino, com escapadas para o finado Pardelas, na Santa Luzia. E almoços com Irineu Garcia, o homem dos discos de poesia, na voz

Sagração de D. Pedro I

de seus próprios autores ou do ator português João Vilaret. Era um escritório numa cobertura com vista para as costas d'África. A segunda foi na 13 de Maio, durante uma parada para passar uma chuva numa revista destinada a postos de gasolina. Terceira: uma agência de publicidade que se mudara de uma casa com árvores e passarinhos em Botafogo para dois andares de frente para outros andares na Teófilo Otoni. Foi duro fazer o anúncio da mudança. A turma da criação estava de má vontade. Achava o fim a troca de endereço. Trabalhar na cidade não era bem o que os criativos tinham pedido a Deus. Quarta vez:

Almirante Barroso nº 6, com direito a todo o barulho das obras do metrô. Quinta: volta à Teófilo Otoni. Sexta: e agora, Avenida Rio Branco, 110, 28º andar. Onde acabava de dar uma informação a um redator (carioca) de 22 anos, que perguntou:

– A Maison de France fica depois da Academia Brasileira de Letras, não é? Pra chegar lá tenho que passar pela Presidente Vargas?

– Não. Siga pela Rio Branco até o fim. Dobre à esquerda, na Presidente Wilson, e vá em frente, até a Presidente Antônio Carlos – respondeu alegremente, como se tivesse praticado uma boa ação. Melhor: por já ter uma certa intimidade com este Centro que nem todo carioca conhece muito bem. Mas não precisava exagerar, sentindo-se um Rui Barbosa, o baiano que – conta a lenda – foi à Inglaterra para ensinar inglês aos ingleses. Vamos em frente. Pela Sete de Setembro, outrora Rua do Cano, que puxava a água da Lagoa de Santo Antônio ao Chafariz de Mestre Valentim, mandado construir pelo vice-rei Luís de Vasconcelos. Não custa nada dobrar na primeira à esquerda, a Travessa do Ouvidor, para dar uma olhada na estátua de Pixinguinha, inaugurada em tempos recentes pela Secretaria Estadual de Cultura. É que ele foi frequentador de um bar chamado Gouveia, que ficava ali na esquina. Na volta, para-se um pouco na Livraria da Travessa, para saber das novidades literárias. É uma das mais charmosas e espertas da cidade. Logo em frente à Travessa do Ouvidor, na Sete de Setembro, está o Giuseppe, o bar e restaurante preferido por profissionais bem-sucedidos. Almoço, só com reserva. Em geral, fecha às 11 da noite, quando já não há mais nada a fazer no Centro. Mais adiante, a Rua da Quitanda. Pela manhã você atravessa essa esquina ouvindo um som agradável: o violão de Diógenes L. Oliveira, que encontrou uma maneira curiosa de vender o seu trabalho. Todos os dias, de segunda a sexta, das 10 às 15 horas, um homem chega, instala um aparelho de som e põe um CD do violonista para tocar, passando a fazer a divulgação e venda dos nove discos e fitas gravados pelo Diógenes, cujo repertório inclui, além dele mesmo, Schubert, Bach, Gounod e o Pixinguinha da estátua logo ao lado. Vende-se de tudo por aqui. Afinal, estamos no Comércio.

Rua da Quitanda dos Mariscos, da Quitanda dos Escravos. Teve também o nome de Sucussarará, no trecho entre a Sete de Setembro e a Ouvidor. Houve um tempo em que se pensava tratar-se de um nome indígena ou uma homenagem a algum escravo. Até descobrir-se a sua verdadeira origem. É que naquele trecho havia morado um médico inglês, especialista em hemorroidas. Uma vez ele se despediu de um cliente dizendo – para tranquilizá-lo –, com seu sotaque carregado: "Seu cu sarará." A partir daí passou a ser gozado. "Lá vai o Sucussarará." O apelido pegou. E virou o nome da rua.

Andemos. Para a Primeiro de Março, que já foi a Rua Direita. Seu nome atual refere-se ao 1º/3/1870. E significa: o fim da Guerra do Paraguai. Está numa plaquinha, que nunca lemos. Outra é a que diz: "Por estas janelas ouviam-se os gritos de demência da rainha D. Maria I, a louca..." Estamos andando na lateral do Convento do Carmo, hoje pertencente às Faculdades Candido Mendes. E nos aproximando do centro da nossa História. Na outra calçada está a velha Catedral Metropolitana, onde, a 10/12/1822, D. Pedro I foi sagrado e coroado Imperador do Brasil independente. Aqui atuou como organista, regente e compositor uma glória da música sacra no Brasil: o padre José Maurício Nunes Garcia (1767-1830). E no entanto a velha Catedral, antiga Capela Real, está caindo aos pedaços. Um paupérrimo cartazete anuncia consertos realizados – de goteiras etc – e avisa que se mais não foi consertado deve-se à falta de dinheiro. Paremos um pouquinho para percorrer o itinerário da Sé do Rio. A primeira foi instalada na Vila Velha de Estácio de Sá. A segunda: Morro do Castelo. Depois, passou para a Igreja da Santa Cruz dos Militares, na Primeiro de Março, e Nossa Senhora do Rosário, na Uruguaiana, em frente à Rua do Rosário. Como esta igreja também servia aos devotos de São Benedito, negros, portanto, a mudança da Catedral para ela causou problemas entre fiéis obviamente racistas. Quer dizer, até encontrar abrigo na Avenida Chile, nas rebarbas do desmonte do Morro de Santo Antônio, a Catedral do Rio de Janeiro pulou de igreja em igreja, aqui no Centro.

Agora chegamos aonde a cidade começou, ao descer o Morro do Castelo: Praça Quinze. Ou: Várzea de Nossa Senhora do Ó, Lugar do Terreiro da Polé, Praça do Carmo, Terreiro do Paço, Largo do Paço. Olhemos o conjunto formado pela velha Catedral, a Igreja de Nossa Senhora do Carmo, o Convento, o Paço Imperial e a Igreja de São José. É como se desembarcássemos em Bom Jesus de Braga, ao norte de Portugal. Ou numa praça da cidade do Porto. Olhando de esguelha, o edifício peso-pesado do Centro Candido Mendes nos envia para Dallas, Texas, ou Miami, Chicago etc. Isto forma um contraste surpreendente. Nada mau poder viver entre mundos tão díspares. Entremos no Paço Imperial. Por que Imperial?, pergunta o arquiteto Cláudio Toullois. E responde: O correto seria denominá-lo de Paço Colonial. Aqui viveram os vice-reis, a partir da mudança da capital da Colônia da Bahia para o Rio de Janeiro, em 1763, e D. João VI com sua Corte, logo ao chegar, em 1808, transferindo-se depois para uma casa na Quinta da Boa Vista e vindo aqui só em momentos especiais, para despachos e recepções. Nenhum imperador morou aqui. Então, por que Paço Imperial?

Entra-se por um espaço dividido entre uma livraria, uma loja de discos e uma cartoleria. Uma vez no interior do Paço, vamos encontrar painéis que didaticamente contam a sua história. Avança-se por salas e salas, pátios, galerias de arte. No outro lado uma moça pergunta qualquer coisa a um dos guardas. Ele responde com um sorriso largo:

– Isto aqui é do tempo de D. João VI, minha filha. Foi onde começou a História do Brasil.

Ele indica as salas de exposições, as lojas, o bar, tudo. Sempre repetindo que foi aqui que começou a História do Brasil.

Agora caminhemos pela Rua da Assembleia, a antiga Rua da Cadeia, que era ali no Palácio Tiradentes e serviu de abrigo para os personagens secundários de D. João VI. Aqui na Assembleia podemos subir ao restaurante panorâmico no 42º andar do Candido Mendes. E outra vez perder a respiração diante de uma das cidades mais deslumbrantes do planeta. Sigamos até a São José. Passando pelas muvucas em torno do Terminal Menezes Cortes, bares e restaurantes cheios, pagodes em frente dos pés-sujos, lojas de discos que tocam chorinhos sem parar. "Calçadas cheias de gente a passar e a me ver passar", como na velha canção de Antônio Maria, um dos melhores cronistas do Rio, que na verdade era pernambucano. Um pastor evangélico brada para um pequeno rebanho. Mendigos pedem esmola. A esta hora, no Lidador, o maître Valter já deve estar fazendo o seu discurso, para lembrar a todos, mais uma vez, que o bar fecha às 20 horas, passando a servir a primeira das penúltimas rodadas. Aqui, como no Bico Doce, mais lá embaixo, no Beco das Cancelas, entre a Rua do Rosário e a Buenos Aires, uma uisqueria centenária que foi frequentada pelo Barão do Rio Branco e Rui Barbosa, segundo o cartunista Jaguar. Depois das seis, há quem se recuse a entrar nas filas dos frescões ou nos engarrafamentos, no tumulto da corrida de volta a casa. Como diz o advogado Eduardo

Briggs: "O bom do Centro é dar um tempo. Para fazer um intervalo entre o trabalho e a casa." Enquanto isso, no Lidador, um homem ilustrado chamado Murillo Campello canta. Ele é capaz de levar até o fim a letra quilométrica de "Rosa", de Pixinguinha. Para ser carregado em triunfo até o bar do Jockey, na Almirante Barroso. Segue pelas ruas cantando Carlos Gardel. Já no Bico Doce, um homem chamado Carlos Muniz fala do pianista Bill Evans, o que tocou "Round Midnight" melhor do que o seu autor, Thelonius Monk. Murillo Campello já chegou ao bar do Jockey. Está se lembrando, com saudade, de um amigo de bar, lá pelo Leblon: o finado Paulo Mendes Campos. Quem vai ao Lidador tem muita história pra contar. As horas voam entre lembranças literárias. Os cronistas da cidade são sempre lembrados. E o historiador mais citado se chama Vieira Fazenda, cuja obra é difícil de encontrar, até nos sebos. Há tertúlias nestes bares, enquanto se espera o trânsito escoar. Depois das seis o Centro é um mundo de poucas mulheres. Quase todas saíram correndo. O último homem a deixar o Centro compra um chocolate no Lidador, no Giuseppe, na Copenhague, para levar pra casa. Ou uma flor na Rua do Carmo. O Centro é um mundo essencialmente masculino.

As vitrines refletem isso. De dia, o luxo. Ternos, gravatas, camisas sociais e sapatos caríssimos. À noite, o lixo em sacolões à porta dos templos da emergente geração saúde, como o Delírio Tropical, na Rua da Assembleia. Ou os esgotos em frente da Colombo, onde tudo já aconteceu, no tempo de Olavo Bilac. Os últimos boêmios perguntam se você sabe o que era um almofadinha. E explicam: até os anos 50 tudo o que acontecia no Rio era no Centro. Teatro, cinema, restaurantes, bares, tudo estava aqui. E as pessoas vinham de bonde, para se divertir, à noite. Os mais metidos traziam uma almofada, para se sentarem mais confortavelmente nos bondes. Daí serem chamados de almofadinhas. O passageiro desta história já rodou muito por esta cidade, em longas caminhadas por áreas agradáveis, como o Largo de São Francisco, a Rua da Carioca, a do Bar Luís, famoso pelo seu chope e frequência histórica, a Rua Luís de Camões, a Alexandre Herculano, Ramalho Ortigão, a tumultuada Saara, as reentrâncias da Cinelândia, a Lapa do Cecília Meireles, do Ernesto e do Cosmopolita, o Bar Brasil, a Glória da Taberna e do Outeiro e, mudando de lado, a área da Candelária, onde se situa uma espécie de Polígono Cultural respeitável. O espaço dos Correios, o Centro Cultural Banco do

Brasil, a Casa França-Brasil. Há, porém, zonas degradantes, como a situada atrás da Central do Brasil, a caminho de um restaurante que esteve na moda nos anos 70/80, o Sentaí – o Rei da Lagosta. Hoje continua servindo os mesmos pratos e mantém a qualidade. Mas chegar lá é um problema. A área deteriorou-se de uma maneira absurda. Dá medo. Não só dos esgotos abertos nas ruas, do lixo, sujeira etc. Mas do olhar hostil das pessoas, a começar pelos soldados que guardam o edifício do antigo Ministério da Guerra, passagem obrigatória para quem quer chegar a esta área. Em resumo: um horror. Não dá pra voltar lá. Tanto quanto ali por perto do 1º Distrito Naval, nas proximidades da Praça Mauá. Você tem que tapar o nariz para passar por ruas, vielas, becos e travessas que mereciam ser conservadas como vitrines da cidade. São vomitantes.

Marchemos. Agora estamos na Praça Melvin Jones. Ou seja: no Buraco do Lume. Em pleno centro da Esplanada do Castelo. Temos que atravessá-la, como passagem para a Avenida Nilo Peçanha e daí para a Rua México ou a Avenida Calógeras. O trecho menos atraente da cidade. Sem nada de interessante. A não ser o baterista que se instala ali numa cova da praça, imitação de um teatro de arena, e começa a fazer barulho, enquanto uma mulher corre o chapéu para pegar um troco. Alguém comenta: "Este acabou de chegar de Woodstock."

Aqui estamos diante de uma influência francesa de gosto duvidoso: o Plano Agache, parcialmente aproveitado na Esplanada do Castelo, o que resultou num modernoso conjunto de caixotes empilhados, aquilo que maldosamente os arquitetos chamam de prédio de engenheiro. Alfred Hubert Donat Agache foi o urbanista francês importado pelo prefeito Prado Júnior (1926-1930) para chefiar a equipe de técnicos que iria criar o primeiro Plano de Remodelação, Extensão e Embelezamento do Rio de Janeiro, que pretendia dar à cidade uma fachada monumental. No meio disso tudo, outro francês dá o ar do seu traço modernista. Trata-se de Le Corbusier, que deixou a sua marca "linear" como autor do *risco original* do Palácio Capanema, construído entre 1937 e 1945, como sede do Ministério da Educação e Saúde, em projeto desenvolvido por um grupo de arquitetos liderados por Lúcio Costa. Foram eles: Oscar Niemeyer, Jorge Machado Moreira, Afonso Eduardo Reidy, Carlos Leão e Ernani Vasconcelos. Ali hoje funciona a Funarte – Fundação Nacional de Arte, órgão vinculado ao Ministério da Cultura.

Zanzemos. De volta à Rio Branco, o centro nervoso do Centro que, vista de cima, parece uma clareira numa floresta. Embaixo, ao nível dos nossos sapatos, é um atulhamento humano e automobilístico. Foi com esta avenida que a República mostrou a sua cara, ao tempo de Rodrigues Alves (1903-1906), com *slogan* e tudo: "O Rio civiliza-se." As obras de modernização começavam no cais do porto, na antiga Prainha, atual Praça Mauá, se estendiam por aterros e arruamentos. A Rio Branco (isto é, Avenida Central), numa reta até a Praia de Santa Luzia (hoje Praça Floriano), faria a ligação com a Zona Sul, através de outra avenida, a Beira-Mar. Apressemos o passo. Bater perna por estas ruas tem os seus perigos. Agora mesmo um velhote vai ao chão. O assaltante pega-lhe a carteira e some na multidão. Outro dia um jornaleiro morreu com um tiro no peito, numa esquina desta mesma Rio Branco. O andar é estressante. Há um clima de tensão a cada passo. As armas dos seguranças que protegem os carros-fortes apavoram. Eles não são pagos para dar segurança ao homem comum. A polícia anda sempre pela área. Suas sirenes fazem parte de uma trilha sonora igual à dos filmes policiais que têm Nova York como cenário. Mas a polícia também não consegue fazer muito pelo pobre mortal chamado pedestre. Um deles, o publicitário Lindoval Oliveira, foi derrubado num fim de tarde destes na fila do frescão por um rapaz que tentou assaltar a sua maleta. Caiu, quebrou um dedo e ficou com a mão imobilizada por 45 dias. Agora, pavor mesmo é passar pela Mayrink Veiga, ali pelas bandas da Praça Mauá, numa hora em que vem chegando um caminhão de dinheiro para o Banco Central. É tanta metralhadora protegendo o caminhão que você sente um frio na espinha, para e espera, com o coração na mão. Se um dos guardas começar a atirar, não vai sobrar ninguém na enorme fila da Telerj. Nem no meio da rua. Por falar em filas, há muitas, o tempo todo. Para comprar, para pagar, para almoçar etc. Quando avistamos uma que dobra quarteirão, não dá outra: é a resposta a um anúncio de oferta de emprego. Aqui tem de tudo. Restaurantes, teatros, bares, cinemas, sebos fantásticos, museus, livrarias, bibliotecas, igrejas e mais igrejas: só da Rio Branco para o mar são 13, da de Santa Luzia à capela da Ilha das Cobras. Reza-se muito à sombra dos negócios de todo dia, do movimento da Bolsa de Valores, da pressa. O Convento de Santo Antônio está sempre lotado, missa após missa, uma atrás da outra, da manhã à noite. E há sempre mais uma igreja no seu caminho.

Uma delas, a de Nossa Senhora do Rosário – que já foi catedral –, cedeu um espaço lateral, antes reservado às velas acesas, para um bar-restaurante. Fiéis inconsoláveis com tamanha decadência consideram isso uma heresia, cometida pela própria Igreja. São, na verdade, vários os centros dentro do Centro: o histórico, o financeiro, o cultural, o conservador, o dos palanques – quase todo dia tem passeata, da Candelária à Cinelândia, com carros de som berrando para escritórios alheios aos seus protestos, apelos, reivindicações –, o boêmio, o saudosista, o novidadeiro e mais outros que podemos descobrir caminhada afora. Velhos armazéns têm nomes curiosos, como o Bar Flora, na Ramalho Ortigão com Rua da Carioca. Ou a Casa Bonifácio, no Largo de São Francisco, "de pai para filho desde 1928". Quando se diz que o Centro tem de tudo, inclui-se uma loja – a Vesúvio – só de guarda-chuva, preciosidades como a Confeitaria Cavé, as termas para executivos estressados, prostíbulos os mais variados. O historiador Vivaldo Coaracy, em *Memórias do Rio de Janeiro* (Itatiaia/Editora da Universidade de São Paulo, 3ª edição, 1988), já reclamava de uma zona de meretrício em torno do Largo do Rossio (a atual Praça Tiradentes), a estender os tentáculos "como um polvo" e a se expandir "como um câncer". E acrescenta: "Por trás das venezianas, quase sempre cerradas porque a polícia assim o exigia, das casas do Largo do Rossio, desenhavam-se silhuetas de mulheres a sussurrar convites lascivos aos homens que passavam pela calçada. À noite, havia ali um movimento intenso." Donde se conclui que a prostituição da Praça Tiradentes é histórica. Estamos falando de uma área da cidade que o próprio Coaracy considera "testemunha e cenário dos mais variados acontecimentos, trágicos e cômicos, solenes e vergonhosos; que passou por mais profundas transformações; que conheceu uma galeria policroma de personagens, desde os que deixaram os nomes inscritos nas páginas da grande ou da pequena história até às mínimas criaturas anônimas confundidas no lodo das sarjetas..." A Praça Tiradentes não herdou apenas o lado repulsivo da História. O Teatro Carlos Gomes e o João Caetano mantêm a tradição do Largo do Rossio, que foi o centro das casas de espetácu-

Largo do Rossio

los. E esta é uma parte da cidade que pede um olhar para a sua formação, a partir da descida do Morro do Castelo para a conquista da várzea. A ocupação da planície, porém, foi detida num grande valo natural, que servia de sangradouro da Lagoa de Santo Antônio (Largo da Carioca e adjacências, até onde hoje fica o Teatro Municipal) para o mar, na Prainha, atual Praça Mauá. Esta sanca determinou o traçado da Rua Uruguaiana, antes Rua da Vala e que, por mais de um século, serviu de limite da zona urbana. Acima dela, muito mais tarde começou-se a construir o Muro da Cidade, um projeto medieval que pretendia confiná-la dentro de um cinturão defensivo. Além da Vala tudo era um descampado, com charcos, brejos e alagados. No meio deles serpenteava um caminho para as fazendas açucareiras dos jesuítas – Engenho Velho e Engenho Novo. Era a boca do sertão. Inicialmente chamou-se Campo da Cidade, que virou pasto comum – rossio – onde os moradores soltavam suas vacas para pastar. Como a cidade crescia, a população já não cabia dentro dos limites impostos pela Vala. Em fins do século XVII começaram os pedidos de expansão, através da Câmara, com solicitações de aforamento e tratos de terra para abrirem chácaras ou apenas para erguerem casas. No século XVIII, a re-

gião já estava retalhada de chácaras e moradias, onde se formavam ruas e largos. Chamavam-se chácaras verdadeiros latifúndios. Um deles tinha seus limites no que depois veio a ser o Rossio, entre as atuais ruas Visconde do Rio Branco e da Constituição, es-
-tendendo-se até a Praça da República e desdobrando-se pela Gonçalves Ledo, indo terminar na Senhor dos Passos. Outro, além do hoje Largo de São Francisco, abrangia 12 dos atuais quarteirões da cidade, incluindo mais da metade da Avenida Passos. Havia, porém, uma área que ninguém queria. Constituída de brejos e alagados que as chuvas inundavam, tinha fama de pestilenta. Foi neste pantanal abandonado que os ciganos vieram a fazer seus casebres. Por isso ficou conhecido como Campo dos Ciganos, depois Largo do Rossio e hoje Praça Tiradentes.

Largo do Rossio

Ufa!

O personagem desta história já andou um bocado por dias e dias, tentando visualizar o que leu nos livros, para ter uma ideia de como tudo isso se formou e se desenvolveu nos sucessivos planos de urbanização. O seu andar tem sido prejudicado por mais uma investida deste tipo: obras e obras a transformar a cidade numa praça de guerra, tal qual nas fotos do começo do século. Haja paciência, sangue e nervos para transpor os obstáculos a cada passo. Caminhar pelo Centro é descobrir uma história surpreendente ao dobrar de cada esquina. É chegar a zonas pouco ou nada convidativas, em função do lastimável es-tado de abandono pelos poderes públicos e privados, como aqueles lados por trás do Ministério do Exército e da Central do Brasil. É agradecer o esforço do Corredor Cultural para preservar o que resta de tipicidade em meio às desfigurações variadas, em nome do progresso, do lucro ou da própria necessidade. Nosso transeunte já descobriu onde Luís de Camões faz esquina com Alexandre Herculano. É na porta do Real Gabinete Português de Leitura, o prédio gótico em que nasceu o patriarca da República, Quintino Bocaiuva. Há dois anos que, quase todo dia, ele passa pela Rua do Ouvidor, estreita, atulha-

Rua do Ouvidor

Parc Royal

da, calçada irregularmente. Seu nome é uma homenagem ao juiz-ouvidor Francisco Berquó da Silveira, que morou nela ao tempo do vice-rei Luís Vasconcelos e Souza. Aqui já foi um caminho de terra, entre bananeiras e cercas de madeira. Em 1659 chamava-se Rua Homem da Costa. Também se chamou Moreira César. Foi o povo quem lhe deu o nome definitivo. Voltemos a Luiz Edmundo: "Foram os franceses do tempo do Sr. Pedro I, saiba-se, com as suas lojas de novidades, as suas costureiras, os seus cabeleireiros e umas instalações completamente novas para nós, feitas à moda de Paris, que criaram a elegância de certas casas de comércio da Rua do Ouvidor. Quando eles aqui chegaram, o varejo local, atrasado e mofino, criou-lhes embaraços de toda a ordem, moveu-lhes uma guerra tremenda; guerra de inveja, de ciúme e de má-vontade." Mas o povo lhes dava preferência, segundo o mesmo cronista. As lojas tinham nomes assim: Notre-Dame de Paris, Tour Eiffel, Carnaval de Venise, Palais Royal, L'Opéra. Comparada por um autor francês à rue Vivienne, de Paris, pela Ouvidor desfilava todo mundo que era notícia: Ataulfo de Paiva, "engomado e risonho, uma dedada de pó de arroz na ponta do nariz", João do Rio, "ainda não bafejado pela glória, mas já gorduchote, num *veston* cor de flor de alecrim, mamando um charuto de 22 centímetros". As senhoras se vestiam de saias compridas. "Não há pintura de olhos, de lábios, nem de rosto. As mulheres cariocas são figuras de marfim ou cera, visões maceradas evadidas de um cemitério. Quando passam em bando lembram uma procissão de cadáveres. Diz-se pelas igrejas que é pecado pintar o rosto, que Nossa Senhora não se pintava..." E por aí vai Luiz Edmundo em seu delicioso *O Rio de Janeiro do Meu Tempo.*

O Rio de Janeiro do nosso tempo ainda tem o Mercado das Flores, na Gonçalves Dias. O Beco das Sardinhas, na Miguel Couto, já na boca da subida do Morro da Conceição. O Beco dos Barbeiros, uma passagem da Primeiro de Março para a Rua do Carmo, a lembrar aqueles que, na mesma cadeira em que cortavam cabelos e faziam barbas, arrancavam dentes. Eram os tiradentes, num tempo em que o Brasil nem sonhava em ser tão adiantado em odontologia. Tem o Cais Pharoux, na Praça Quinze, a lembrar um francês que chegou ao Rio em 1816 e que fez na cidade o seu primeiro hotel, "capaz de honrar qualquer pátria estrangeira", no dizer do já citado Luiz Edmundo. "Apareceu quando ainda sorria pelas nossas ruas, de olho desconsolado e de beiçola pálida, o Sr.

D. João, que os *toma-larguras* precediam, seguidos do famoso criado do vaso..." O hotel do francês, muito asseado, com móveis de estilo vindos da França, forrados de tapeçaria ou seda, espelhos florentinos, com molduras largas e douradas, flores em grandes jarrões de porcelana, toalhas alvíssimas. Era o nosso "palácio de fadas". Sim, temos uma história rica, uma extensa biografia. Memória. Esta memória não está só no Instituto Histórico e Geográfico, na Biblioteca Nacional, na Câmara de Vereadores, no Paço Imperial, no Museu Histórico Nacional, no Museu Naval, na Biblioteca do Exército, no Arquivo Público, no Museu da Light, no Centro Cultural Banco do Brasil – em todos esses espaços e monumentos que provocam deslumbramento: "Isto parece coisa de Primeiro Mundo." Está também nas ruas. Onde, aliás, está o Primeiro Mundo, com seus assaltantes e mendigos. E estes são os verdadeiros moradores do Centro. Os que tentam encontrar a sua própria ordem no caos, delimitando seus espaços nas portas dos bancos, com suas camas e cobertores de papelão, na contramão de uma população outra que chega, trabalha, reza, come, bebe, se diverte – também –, trapaceia, compra, vende, atropela e se atropela, rouba e é roubada – e vai embora. Os mendigos – ou os sem-teto –, se não têm nada a ver com os dividendos de empresa alguma, também não partilham o ônus dos dramas miúdos e angústias graúdas do vínculo empregatício: quais as empresas que estão demitindo, quantos foram demitidos hoje, essas preocupações que aqui no Centro se diz serem as mesmas em todo o mundo.

Dos mais de 2 milhões de pessoas que vêm pra cá diariamente, a maioria esmagadora detesta ter de fazê-lo. Pelos problemas de trânsito e pelo atulhamento de suas ruas. Entre os que não gostam de trabalhar no Centro, estão os que nem sabem – ou se interessam em saber – o que ele tem a oferecer, em cultura, serviços e lazer, o trinômio que poderá fazer do Rio de Janeiro uma das cidades mais prósperas do planeta. Os que gostam são aqueles que estão sempre dando um tempo para voltarem pra casa. Curtem os eventos e exposições ou se enfiam pelos bares, casas de chope, uisquerias, lojas de discos ou, quem sabe, nas tais saunas para velhotes executivos. E dizem que trabalhar no Centro é muito bom, exatamente pela distância entre os problemas do trabalho e os de casa. "Você dá um tempo."

Vamos dar um tempo outra vez na Avenida Rio Branco.

Saímos do Buraco do Lume ao som de uma bateria cheia de som e de fúria, não significando música. Mas atraindo uma multidão. Atravessamos a Melvin Jones lembrando dos restaurantes antigos da São José. Por aqui se comenta: os restaurantes portugueses, outrora famosos no Centro, estão desaparecendo, para dar lugar ao *fast-food* nova-iorquino, tipo sanduba e Coca-Cola, naturebas, churrascarias a quilo, *buffets* variados. Mas a verdade é que o Centro come bem, em todos os níveis: de cardápio, preços e gosto. E pode dar uma esnobada na Ilha de Manhattan: lá não tem as casas de sucos que existem cá. Com frutas e mais frutas que o mundo desconhece.

E de novo nos deparamos com o famoso rasgo da cidade, que em menos de cem anos já está na sua quinta geração de edifícios.

Vejamos um deles: o Avenida Central. O engenheiro Valter Leite Pereira garante que é o único do Rio de Janeiro feito em estrutura metálica. E que na época (o prédio foi iniciado em 1956 e inaugurado em 1961) trouxeram índios norte-americanos treinados em testes de vigas. As pessoas paravam diante do prédio, para vê-los em ação. Foram empregados 5.620.000 quilos de aço, o que daria para construir uma estrada de ferro de 60 km. Tem 32 andares, 102 lojas e 800 empresas. Com toda essa grandiosidade numérica, não é mais bonito do que a Galeria Cruzeiro de antes, de acordo com as`fotos dela: parecia um edifício do boulevard Saint-Germain. E ainda tinha o bonde que passava por dentro do Tabuleiro da Baiana. Quem conheceu isso de perto abomina o Avenida Central.

Em frente, no sentido da Cinelândia. Chegamos ao Teatro Glauce Rocha, que pende um pouco para a pequena Rua da Ajuda, a Leiteria Mineira, que teima em manter a tradição do nome. Lá dentro há um homem que bebe um chope sozinho. Um velho escritor que não trabalha por aqui e deve estar buscando inspiração nos agitos da cidade.

Foi neste Glauce Rocha que D. João VI reapareceu no Rio de Janeiro, no começo da década de 1980, numa peça do português Hélder Costa, diretor do Teatro A Barraca – e na pele do ator Mário Viegas, já falecido. A plateia riu muito do famoso comedor de frango, a andar com pedaços do galináceo no bolso. Tanto quanto recentemente se divertiu com o seu lado mais grotesco, em filme recente de Carla Camuratti, *Carlota Joaquina, Rainha do Brasil*. No texto de apoio daquela peça, porém, Hélder Costa escreveu uma *Pequena-Grande História de D. João*, na qual revela a sua fascinação pela vida trágica do regente e rei de uma teatralidade shakesperiana, que encontrou no Brasil, longe do campo de batalha em que a Europa havia de transformado, o paraíso para descansar e se sentir tranquilo, seguro, próspero, compensado. Chegou aqui fugindo de Napoleão, trazendo a Corte, com 15 mil pessoas, em 1808, quando o Rio tinha uma população de 50 mil habitantes. (Há historiadores que afirmam serem 70 mil. Já seriam 50 mil no ano da transferência da capital da Colônia, 1763). O que importa, verdadeiramente: até a chegada de D. João VI, o Brasil não produzia sequer um alfinete. Na condição de colônia, dependia de Portugal para tudo. E Portugal não produzia utilidades que pudessem atender às necessidades além-mar. Havia carência de tudo: facas, tesouras, talheres etc. D. João VI chega e, seis dias depois de desembarcar na Bahia, em 22 de janeiro, decreta a abertura dos portos a todas as nações amigas. Chega ao Rio em março de 1808. Com sua numerosa Corte traz a Biblioteca Nacional, com mais de 14 mil livros, além dos documentos, salvos do terremoto de Lisboa, em 1795. E a Escola Naval, criada por D. Maria I, à semelhança da Escola Naval Britânica, o que seria a primeira instituição de ensino superior do país. Funda o Banco do Brasil. Cria o

Jardim Botânico e a Escola de Astronomia. Eleva o Brasil a Reino Unido de Portugal e Algarves, em 1815. Promove a vinda da Missão Artística Francesa de 1816. Inaugura a Praça do Comércio, em 1820 – onde hoje é a Casa França-Brasil –, origem da Associação Comercial do Rio de Janeiro. Em resumo: D. João VI provocou a maior revolução administrativa de toda a história do Brasil, invertendo a estrutura orgânica entre a metrópole e a sua principal colônia. O Rio de Janeiro passou a ser o centro do poder e, portanto, a comandar o Império português. Logo ao se instalar no Rio, a 1º de abril de 1808, revogou o alvará de 5 de janeiro de 1785 que proibia a instalação de indústrias e manufaturas no Brasil. Enquanto prosperávamos de ano para ano, Portugal entrava em dificuldades. D. Maria I, a Louca, morre em 1816. Mas só em 1818 D. João VI, o herdeiro do trono, foi aclamado rei. Além de seu desejo de observar o luto de dez meses, contribuíram para a demora da sua aclamação: a campanha militar luso-brasileira no Sul, contra os uruguaios. Revolução em Pernambuco (1817) e conspiração em Portugal. Na Aclamação, os comerciantes da cidade o saúdam como o *Libertador do Comércio*. Ele se sente satisfeito por estar aqui, ao contrário da sua mulher, D. Carlota Joaquina, que não escondia o seu ódio aos brasileiros. E o traía cada vez mais. Em Portugal, às voltas com prejuízos políticos e comerciais, o povo exigia a sua volta. As notícias que chegavam eram graves: se o Rei insistisse em permanecer no Brasil, perderia o trono. Ele regressa a Lisboa, em 1821, deixando o seu filho Pedro na qualidade de regente. Em 1826 morre envenenado. Morreram também o médico, o cirurgião e o cozinheiro. Para não ficar testemunha. O cronista português Raul Brandão traçou-lhe o seguinte – e comovente – retrato:

Grotesco, feio, com a existência aos baldões, sem um bocadinho de ternura (a morte leva-lhe todos os amigos), rei ainda por cima, as suas anedotas, a sua vida, a sua figura são ainda hoje motivos de chacota... E no fundo, sob essa capa ridícula, por baixo da barreira da papeira, da beiça, do olhar desconfiado, havia, houve sem dúvida, uma ternura enorme. A mulher traiu-o; os filhos enganaram-no e mentiram-lhe; teve de fugir, de se livrar do veneno, das revoltas, da intriga, sempre a encostar-se à amizade de este, daquele, dos generalões, dos embaixadores, dos ministros, dos criados... Esqueçamos-lhe a carcaça. Já hoje a figura está reduzida à sua verdadeira essência: passaram-lhe de vez as hemorroidas. É um homem simpático que fez neste mundo o bem que pôde. Foi ele quem povoou o mar do Brasil de sardinha para os pobres comerem com pão. Plantou árvores. Amou – e foi talvez sob o grotesco uma alma delicada. Não seria uma grande inteligência nem um grande caráter – mas passou a vida a afligir-se. Por qualquer lado que encare é um motivo de chacota. É o senhor D. João VI – é o pataco – é o rapé – É a beiça – ... É – mas é também o melhor homem da sua época, e, sob o grotesco, encontra-se uma grande beleza escondida, sumida, escarnecida...

Fujão, pusilânime, covarde, cornudo. Foi acusado de tudo isso. E no entanto a transferência da Corte para o Brasil foi uma demonstração de habilidade política, de capacidade de negociação com os ingleses. Não podendo participar do bloqueio continental à Inglaterra, decretado por Napoleão Bonaparte em 1806, Portugal foi invadido em novembro de 1807 por tropas francesas, sob o comando do general Andoche Junot. D. João VI negociou a sua fuga para salvar a família real e a Corte e contou com a proteção de uma divisão naval inglesa, comandada por Sydney Smith. Melhor para o Brasil e, muito particularmente, para o Rio de Janeiro.

Avancemos até a Almirante Barroso. Para descobrirmos uma curiosidade: uma rua sem casas ou edifícios. É apenas uma passagem para outra igualmente desconhecida, a Manuel Carvalho, nos fundos do Teatro Municipal. Corresponde à lateral do Clube Naval e se chama Vieira Fazenda. Exatamente o nome do historiador da cidade mais citado pelos outros historiadores. É o das *Memórias Antiquálias*.

O Clube Naval vale uma parada. Fica na esquina da Almirante Barroso com a Rio Branco, num prédio tombado, de estilo eclético. Velhos oficiais passam o dia por aqui. Almoçam, leem jornal, veem televisão, jogam sinuca, fazem ligações telefônicas. E no bar pagam só 1 real e 50 centavos pela dose de um legítimo *scotch*.

Andemos mais. Museu Nacional de Belas-Artes, Teatro Municipal, Biblioteca Nacional, Câmara de Vereadores, Cinelândia. A cara da República. Nos embates das modernizações, derrubaram o secular Convento da Ajuda, onde hoje é a Praça Floriano. O Cerimonial da Câmara de Vereadores, porém, guarda a memória do Rio no fim do século XIX, através de uma exposição permanente de um pintor chamado Francisco de Paula. Lá estão todos os tipos, casas e cenas do cotidiano. Lima Barreto segurando no peito *A História da Ingratidão Humana*, como revanche aos que barraram a sua entrada na Academia Brasileira de Letras. O amolador de facas. O leiteiro com sua vaca, indo de porta em porta, tirando o leite na hora, com a ajuda de um bezerro. Um homem escornado numa porta. Era o cobrador, que ficava dias de plantão, à espera do pagamento da dívida. O devedor acabava pagando, para se livrar da sua vexaminosa presença. E mais: os poetas e demais figuras da época. Neto do pintor, Francisco Paula Freitas, o homem da Editora Três no Rio, diz que seu avô recriava esses tipos cariocas na Praia das Virtudes, que vem a ser onde hoje fica o Museu de Arte Moderna. E já que o mar vinha até a Santa Luzia, caminhemos sobre as águas, até o Santos Dumont, pisando em obras projetadas pelo prefeito Henrique Dodsworth (1937-1945), o que administrou a cidade oito anos e quatro meses.

Pronto, chegamos ao ponto de partida. E de chegada.

Não há vidros no Santos Dumont a enjaular os passageiros no saguão, como em 1961. Daqui o que se vê da cidade é só a Avenida Beira-Mar. Entre ela e o aeroporto há uma simpática área verde. O resto é o movimento de carros, o embarque e o desembarque. Salas de espera, um café, livraria, lojas de bebidas, bombons, essas coisas de todos os aeroportos. Na memória do passageiro d'antanho, tudo era tão diferente. Mas como era? Difícil lembrar. Faz 35 anos! O bar fica no primeiro andar. Ele sobe. Um pianista toca o "Samba do Avião". Tudo a ver.

Quem parece que vai levantar voo é a mulher ao volante de um táxi. Ela arranca cantando pneu e xingando todo mundo à sua frente. Mulher taxista não surpreende. Surpresa é a agressividade desta, para a qual o passageiro, fingindo muita calma – na verdade está assustadíssimo –, pede que vá mais devagar. Precisa estar inteirão, amanhã de manhã, para voltar ao Centro, como sempre, pois ainda não viu tudo nem sabe da sua história a metade. E voltará com uma pontinha de orgulho por estar pisando no centro da História do Brasil. E para onde todo o Rio de Janeiro converge, diariamente. O principal canto do Rio, porém, não é necessariamente o mais amado. Mas é como dizia o bom gaúcho Érico Veríssimo:

"Amar é conhecer."

Avenida Rio Branco e Teatro Municipal

Baía de Guanabara

Praça XV de Novembro

CRÉDITO DAS IMAGENS

p. 8: *Aeroporto Santos Dumont*, 1955 (Acervo dos trabalhos geográficos de campo, IBGE).

p. 12: MALTA, Augusto. *Avenida Rio Branco*, c. 1915 (Arquivo G. Ermakoff).

p.15: *Fort of Villegagnon in the harbour of Rio de Janeiro*. London: Joyce Gold, 1813 (Fundação Biblioteca Nacional).

p. 17: THEVET, André. *Índios fazendo fogo*. In: Les singularitez de la France antarctique, autrement nommee Amerique... A Paris: Chez les heritiers de Maurice de la Porte, au clos Bruneau, a l'enseigne S. Claude, 1557 (Fundação Biblioteca Nacional).

p. 17: THEVET, André. *La rivière de Ganabara*. In: La cosmographie universelle d'Andre Thevet cosmographe du roy... Paris: Chez Pierre L'Huillier: Chez Guillaume Chardiere..., 1575 (Fundação Biblioteca Nacional).

p. 25: KFURI, Jorge. *Rio de Janeiro: Vista tirada de bordo do hydroplano "C.3"...*, s.d. (Fundação Biblioteca Nacional).

p. 27: *Prise de Rio-Janeyro*, 1711 (Fundação Biblioteca Nacional).

p. 32 e 33: FROGER, François. *Relation d'un voyage fait en 1695, 1696 [et] 1697 aux cotes d'Afrique, Detroit de Magellan, Brezil, Caynne [et] Isles Antilles...* A Paris: Chez Michel Brunet, 1698 (Fundação Biblioteca Nacional).

p. 34 e 35: VILHENA, Luís dos Santos. *Planta da cidade de S. Sebastião do Rio de Janro*, 1775 (Fundação Biblioteca Nacional).

p. 37: *[Avenida Central]*. Rio de Janeiro, [1905?] (Fundação Biblioteca Nacional).

p. 38: MALTA, Augusto. *O que resta da Egreja do Morro do Castelo*, 1922 (Museu da Imagem e do Som).

p. 43: FRÈRES, Thierry. *Cérémonie de sacre de D. Pedro ler. Empereur du Brésil...* In: DEBRET, Jean Baptiste. Voyage pittoresque et historique au Brésil. Paris: Firmin Didot Frères, 1839. Pl.71 (Fundação Biblioteca Nacional)

p. 57: LOEILLOT, W. *Theatro Imperial*. In: THEREMIN, Wilhelm Karl. Saudades do Rio de Janeiro. [S.l.: s.n.], [1835] (Fundação Biblioteca Nacional).

p. 59: FRÈRES, Thierry. *Intérieur d'une habitation de cigannos*. In: DEBRET, Jean Baptiste. Voyage pittoresque et historique au Brésil. Paris: Firmin Didot Frères, 1835. Pl. 26 (Fundação Biblioteca Nacional).

p. 61: *Aspecto do movimento da Rua do Ouvidor e Gonçalves Dias*, s.d. (Acervo dos trabalhos geográficos de campo, IBGE).

p. 61: MALTA, Augusto. *Interior da loja Parc-Royal*, s.d. (Museu da Imagem e do Som).

p. 75: MUSSO, Luiz. *[O Theatro Municipal do Rio de Janeiro: Vista geral]*. In: RIO, João do. Theatro Municipal do Rio de Janeiro. [Rio de Janeiro]: Photo Musso, 1913 (Fundação Biblioteca Nacional).

p. 75: MUSSO, Luiz. *[Local em que está edificado o Theatro Municipal, no anno de 1903...]*. In: RIO, João do. Theatro Municipal do Rio de Janeiro. [Rio de Janeiro]: Photo Musso, 1913 (Fundação Biblioteca Nacional).

p. 76 e 77: RIBEIRO, A. *Bahia do Rio de Janeiro, Brazil*, s.d. (Fundação Biblioteca Nacional).

p. 76 e 77: RIBEIRO, A. *[Praça 15 de Novembro – Rio de Janeiro]*. In: "Vistas da cidade do Rio de Janeiro, c.1904" (Fundação Biblioteca Nacional).

Este livro foi composto nas tipologias
Adler, Adobe Wood Type Ornaments, Adorn Garland,
Bodoni MT, Bodoni Ornaments e Book Antiqua,
e impresso em papel Lux Cream 80g/m², na Yangraf.